U0740187

國家圖書館藏古籍善本集成

陳紅彥 主編

元刻本東坡樂府

〔宋〕蘇軾 著

出版說明

文物出版社

出版說明

陳紅彥

《東坡樂府》是我國宋代文學家蘇軾的詞集。

蘇軾（1037－1101年），字子瞻，一字和仲，號東坡居士，眉州眉山人。宋仁宗嘉祐二年進士，官至翰林學士、禮部尚書，除龍圖閣學士。蘇軾是宋代文學大家，他的詩、詞、散文、書法都有獨到的成就。其作品主要彙編為《東坡七集》，即《東坡集》四十卷、《後集》二十卷、《奏議》十五卷、《內制》十卷、《外制》三卷、《和陶詩》四卷、《應詔集》十卷。但詞集《東坡樂府》未在其中。

蘇軾是宋代豪放派詞的創始人，蘇軾詞，在我國詞史上有重要地位，表現在突破了詞是豔科，供娛賓遣興的傳統藩籬，使詞從花間、樽前走向更為廣泛的社會、人生。劉辰翁評價蘇軾詞『詞至東坡，傾蕩磊落，如詩如文，如天地奇觀。』（《辛稼軒詞序》）文學史上則把蘇東坡與宋詞壇上獨樹一幟的辛棄疾並稱『蘇辛』。

這部國家圖書館藏《東坡樂府》，元延祐間括蒼人葉曾雲

間南阜書堂刻（雲間，即今之松江），曾被趙萬里先生稱之為今日所見東坡詞最古刻本，也是傳世東坡詞的最重要的刻本。

此書卷首有著名藏書家黃丕烈跋，跋稱：『余所藏宋元人詞極富，皆精鈔或舊鈔，而名人校藏者，若宋元刻本，向未有焉。既從骨董鋪中獲一元刻《稼軒長短句》，可稱絕無僅有之物。其時余友顧千里館余家，共相欣賞，以為此種寶物，竟以賤直得之，何世之不知寶而子幸遇之乎。蓋辛詞直不過白鏹七金也。近年無力購書，遇宋元刻又不忍釋手，必典質借貸而購

之……今秋顧千里自黎川歸，余訪之城南思適齋，千里曰：「聞子欲賣詞，余反有一詞欲子買之。」余曰：「此必宋刻矣」。千里曰：「非宋刻，卻勝於宋刻。昔錢遵王已云，宋刻殊不足觀，則元本信亦可寶。」請觀之，則延祐庚申刻《東坡樂府》也。其時需值卅金，余以囊澀未及購取。後思余欲去詞，《辛詞》本欲留存，且蘇、辛本為並稱，合之實為雙璧。因檢書一二種，售之友人……復益以日本刻《簡齋集》，如前需數，而交易始成。』黃丕烈以卅金換來的《東坡樂府》與其原藏《稼軒長短

句》這兩位大詞人的最佳刻本合為雙璧，也是書林的一段佳話。令一代藏書名家黃丕烈、顧千里如此看重，《東坡樂府》的價值可見一斑。

此書中鈐有『竹塢』『辛夷館印』『玉蘭堂』『梅溪精舍』『古吳王氏』『乾學』『徐健庵』『季滄葦藏書』『振宜之印』『滄葦』『歙鮑氏知不足齋藏書』『鮑以文藏書記』『顧廣圻印』『顧澗薲藏書』『思適齋』『老蕘』『曾藏汪閬源家』等藏印，可知其最早曾為文徵明家藏，錢遵王晚年曾經抱憾所藏宋元本及抄本書，歸諸季氏，此元刊《東坡樂府》大概就在此列。但全書並不見有錢遵王的題記，趙萬里先生分析可能是還沒有鈐印就已經又售出了，這種情況在錢遵王藏的其他書中曾經有過。後又為徐健庵、季振宜、鮑廷博、顧廣圻等藏書家收藏鑒賞，然後歸入黃丕烈囊中，從黃丕烈家散出後，又到汪士鐘藝芸書舍，後歸至楊氏海源閣（在海源閣期間，王鵬運曾藉以複製印入《四印齋刻詞》），海源閣書散後，被周叔弢先生購得。在中華人民共和國成立後不久周先生將書無償捐贈給國家，使

其與元大德三年廣信書院刻本《稼軒長短句》『蘇辛詞』在國家圖書館合璧，這部珍貴的《東坡樂府》也找到了一個最好的歸宿。

1957年，古典文學出版社曾據此本影印出版，當時的善本部主任、版本學家趙萬里先生為《東坡樂府》作跋云：元延祐七年葉曾雲間南阜書堂刻本《東坡樂府》，為今日所見東坡詞最古刻本。迭經黃丕烈士禮居、汪士鐘藝芸精舍、楊紹和海源閣收藏。海源閣書散，歸天津周叔弢先生。1952年叔弢先生藏書捐獻政府。此書與元大德三年廣信書院刻本《稼軒長短句》同歸北京圖書館。清光緒間臨桂王鵬運曾從楊氏借來，刻入《四印齋刻詞》，雖行款未易，而原書面貌不可復見。今據原本影印，使世人得見元本真相，當亦為治古典文學者所樂聞也。

跋中趙萬里先生還指出：陳振孫《直齋書錄解題》有二卷本，其本疑即明人吳訥四朝名賢詞本，今在天津圖書館。又有黃氏士禮居舊藏毛氏汲古閣影宋抄本，編次與吳訥本同。二卷

本卷末附拾遺詞，目後有曾慥跋文：

東坡先生長短句既鏤板，復得張賓老所編並載於蜀本者悉收之。江山麗秀之句，樽俎戲劇之詞，搜羅幾盡矣。傳之無窮，想像豪放風流之不可及也。紹興辛未孟冬至游居士曾慥題。

根據曾慥的這一段跋文，我們可以肯定東坡詞在南宋初曾經有過曾慥刻本。曾慥還曾輯過樂府雅詞，幾乎是遍錄了北宋及南宋初年各名家的詞，但卻沒有蘇東坡的詞，可能是東坡詞已經單獨輯刊的緣故吧。

趙萬里先生指出：曾慥本有拾遺詞，殿於卷末，而元本卻無。趙先生懷疑元刻本原來也是有拾遺詞的，因為毛氏汲古閣刻東坡詞，注明『元刻逸』或『元刻不載』的，此本均未收。因此推斷，毛氏所說的元本應為此本。曾慥拾遺詞中的詞，毛氏本除一首外，其餘都散編在各調下，並未注明『元本逸』或『元刻不載』。故毛氏所見元本當有此拾遺詞，可能是因為年代久遠不存。毛氏刻本也有與元刻不同之處，趙先生認為是毛氏校勘疏漏造成的。但毛本東坡詞中有五十九闋是元刻中沒有的，

毛本所依據的毛晉自跋中說是原出金陵本，疑此金陵本就是焦竑所編東坡二妙集本。焦本東坡先生詩餘，原出曾慥本更益以現已失傳一本，按調名類次混合編成。毛本有而元本無的大多數都可以從焦本中找到。

錢曾在《讀書敏求記》中說：東坡樂府刻於延祐庚申，舊藏注釋宋本，穿鑿蕪陋，殊不足觀，棄彼留此可也。錢遵王所謂元本據趙萬里先生的斷定就是國家圖書館藏的元刻本《東坡樂府》。

策　　劃：莊喜臣

責任編輯：李縉雲　賈東營
責任印製：梁秋卉

圖書在版編目（CIP）數據

元刻本東坡樂府 /（宋）蘇軾著. -- 北京：文物出版社，2018.11
（國家圖書館藏古籍善本集成 / 陳紅彥主編）
ISBN 978-7-5010-5630-9

Ⅰ. ①元… Ⅱ. ①蘇… Ⅲ. ①宋詞－選集 Ⅳ. ① I222.844

中國版本圖書館 CIP 數據核字（2018）第 152617 號

國家圖書館藏古籍善本集成

元刻本東坡樂府

［宋］蘇軾　著

出版發行　文物出版社
郵　　編　一〇〇〇〇七
地　　址　北京市東直門内北小街二號樓
網　　址　hppt: //www.wenwu.com
郵　　箱　web@wenwu.com
製　　版　常州市彩之源數碼圖像有限公司
印　　刷　常州市金壇古籍印刷廠有限公司
開　　本　十六
版　　次　二〇一八年十一月第一版
　　　　　二〇一八年十一月第一次印刷
書　　號　ISBN 978-7-5010-5630-9
定　　價　一九八〇圓